CME-K
2nd Edition

Textbook 課本
繁體版

輕鬆學漢語
少兒版

U0063599

CHINESE MADE EASY

FOR KIDS

3

Joint Publishing (H.K.) Co., Ltd.
三聯書店（香港）有限公司

Yamin Ma

Chinese Made Easy for Kids (Textbook 3) (Traditional Character Version)

Yamin Ma

Editor	Hu Anyu, Li Yuezhan
Art design	Arthur Y. Wang, Yamin Ma
Cover design	Arthur Y. Wang, Zhong Wenjun
Graphic design	Zhong Wenjun
Typeset	Sun Suling

Published by

JOINT PUBLISHING (H.K.) CO., LTD.

20/F., North Point Industrial Building,

499 King's Road, North Point, Hong Kong

Distributed by

SUP PUBLISHING LOGISTICS (H.K.) LTD.

16/F., 220-248 Texaco Road, Tsuen Wan, N.T., Hong Kong

First published January 2006

Second edition, first impression, April 2015

Second edition, fifth impression, February 2023

Copyright ©2006, 2015 Joint Publishing (H.K.) Co., Ltd.

E-mail:publish@jointpublishing.com

輕鬆學漢語 少兒版 (課本三) 〔繁體版〕

編　著	馬亞敏	
責任編輯	胡安宇	李玥展
美術策劃	王　宇	馬亞敏
封面設計	王　宇	鍾文君
版式設計	鍾文君	
排　版	孫素玲	

出　版　三聯書店（香港）有限公司
香港北角英皇道 499 號北角工業大廈 20 樓

發　行　香港聯合書刊物流有限公司
香港新界荃灣德士古道 220-248 號 16 樓

印　刷　寶華數碼印刷有限公司
香港柴灣吉勝街 45 號 4 樓 A 室

版　次　2006 年 1 月香港第一版第一次印刷
2015 年 4 月香港第二版第一次印刷
2023 年 2 月香港第二版第五次印刷

規　格　大 16 開（210 × 260mm）128 面

國際書號　ISBN 978-962-04-3689-5

簡介

- 《輕鬆學漢語》少兒版系列（第二版）是一套專門為漢語作為第二語言／外語學習者編寫的國際漢語教材，主要適合小學生使用。

- 本套教材旨在從小培養學生對漢語學習的興趣，幫助學生奠定扎實的漢語基礎，培養學生的漢語交際能力。

- 《輕鬆學漢語》少兒版共有四冊，每冊都有課本、練習冊、補充練習、讀物、教師用書、字卡、圖卡、掛圖和電子教學資源。

- 本套教材為學習給中學生和大學生編寫的《輕鬆學漢語》（一至七冊）奠定了基礎。

課程設計

教材內容

- 課本通過課文、根據課文編寫的韻律詩、多種形式的練習、有趣的課堂遊戲培養學生的語言交際能力，使學生在輕鬆的氛圍中學習漢語。

- 練習冊中有漢字描紅、抄寫漢字、讀句子、讀短文等練習，重點培養學生的漢字書寫和閱讀理解能力。

- 補充練習可以根據教學需要配合練習冊使用。其中的題目也可以用作單元測驗。

- 教師用書為教師提供了具體的教學建議，以及課本、練習冊和補充練習的答案。

INTRODUCTION

- The second edition of *Chinese Made Easy for Kids* is written for primary school children who are learning Chinese as a foreign/second language.

- The primary goal of the series is to help beginners build a solid foundation of Chinese and cultivate interest in learning Chinese. The series is designed to emphasize the development of communication skills from an early age.

- *Chinese Made Easy for Kids* is composed of 4 textbooks (Books 1-4), and each accompanied by a workbook. This series is supplemented by Worksheets, Readers, Teacher's book, word cards, picture cards, posters and digital resources.

- This series has been written to provide a foundation for the subsequent use of *Chinese Made Easy* (Books 1-7), that is written for secondary and university students.

DESIGN OF THE SERIES

The content of this series

- The Textbook aims to develop communication skills through audio exercises, conversations, questions and answers, speaking practice and etc. In order to reinforce and consolidate new vocabulary and sentences, the games in the Textbook are designed to create a fun learning environment. The accompanying rhymes mainly consist of the new vocabulary in each lesson to aid language acquisition.

- In order to build a solid foundation for character writing, tracing and copying characters exercises are included in the Workbook. Exercises such as reading phrases, sentences and short paragraphs aim to develop children's reading comprehension skills.

- In order to supplement the exercises in the Workbook, more exercises in the Worksheets are provided. These exercises can be rearranged to make unit tests when needed.

- Answers to the exercises in the Textbook, Workbook and Worksheets along with suggestions for teaching and learning are provided in the Teacher's book.

教材特色

- 考慮到社會的發展、漢語學習者的需求以及教學方法的變化，第二版對 2005 年出版的第一版《輕鬆學漢語》少兒版作了更新和優化。

o 吸收了一些新詞彙。

o 當介紹一個新字時，只提供適合該課的解釋。

o 為了方便學生課後溫習，這次改版為生詞配了錄音。

o 重複使用學過的詞語，讓韻律詩更簡單順口。

o 為了幫助學生更好地掌握漢語數字，增加了數字練習。

o 基於少兒有自然語言習得的特點，量詞又是漢語學習中的難點，所以這次改版增加了量詞練習。

o 為了使學生能更多地接觸漢字，更順暢地完成練習，在很多圖片旁都標註了漢字。

- 語音、漢字、詞彙、語法教學都遵循了漢語的內在規律和少兒的學習規律。

o 學生從一開始就接觸語音和聲調。通過不斷練習，幫助學生最終掌握標準的語音和語調。

o 根據漢字本身的結構來教漢字。在掌握了偏旁部首和簡單漢字後，學生就有能力分析遇到的生字，也能更有效地記住漢字。

o 所選的詞彙都是學生日常生活中常用的。為了鞏固和加強學生對詞語的掌握，學過的詞語會在以後的書中複現。

o 語法不作單獨的解釋。通過在具體的情景和有趣的練習中不斷接觸語法，學生會自然地悟出規律。

The characteristics of the series

- Since the 1st edition of *Chinese Made Easy for Kids* was published in 2005, the 2nd edition has evolved to take into account social development needs, learning needs and advances in foreign language teaching methodology.

o New vocabulary and expressions were included.

o When a new word was introduced, only one meaning was given.

o In order to help children review new vocabulary after school, audio recording was provided.

o Simple and previously learned vocabulary was used to make the rhymes easier.

o More exercises on Chinese numbers were added, in order to help children say numbers in Chinese more automatically and fluidly.

o Measure word exercises were added, as measure words are challenging to learn and children at young age can acquire them in a natural way.

o In order to provide more exposure to Chinese characters and help children perform tasks more smoothly, Chinese characters were given alongside the pictures.

- The teaching of pronunciation, characters, vocabulary and grammar respects the unique Chinese language system and the way Chinese is learned.

o Children will be exposed to the phonetic symbols and tones from the very beginning. Generally, it is found that children will overcome temporary confusion within a short period of time, and will eventually acquire good pronunciation and intonation of Chinese with on-going reinforcement of pinyin practice.

o Chinese characters are taught according to the character formation system. Once the children have a good grasp of radicals and simple characters, they will be able to analyze most of the compound characters they encounter, and to memorize new characters in a logical way.

o Children at this age tend to learn vocabulary related to their environment. The vocabulary in previous books is repeated in later books to consolidate and reinforce memory.

o Grammar and sentence structures are not explained in any forms, rather children arrive at grammar rules through consistent and interesting exercises provided throughout the books.

課堂教學建議

- 如果每天有一節漢語課，一冊書能在一年之內學完。教師可以根據學生的漢語水平和學習能力靈活安排教學進度。

- 在使用本套教材時，建議教師：
o 帶領學生做語音練習，鼓勵學生大聲讀出生詞。
o 一筆一劃地演示漢字的寫法，指導學生分析每個漢字的結構，鼓勵他們發揮想象記憶漢字。
o 課上要儘量為學生提供聽力和會話練習的機會。
o 佈置練習和活動時可以根據學生的能力和水平作適當的調整，增加難度或者重複使用。練習冊中的練習可以在課堂中使用，也可以讓學生在家裏做。
o 鼓勵學生背誦第三、四冊課本中的乘法口訣表。

- 在使用本套教材時，學生應該：
o 反覆聆聽課文和生詞的錄音。
o 就課本中的課文插圖做對話練習或復述課文。
o 朗讀並背誦每課的韻律詩。
o 做生字的描紅練習，記住偏旁部首和簡單漢字。

馬亞敏

2014 年 8 月於香港

HOW TO USE THIS SERIES

- With one lesson daily, able and highly motivated children can complete one book within one academic year. Ultimately, the pace of teaching depends on the children's level and ability. Here are a few suggestions from the author.

- The teachers should:
o Go over the phonetic exercises in the textbook with the children. At a later stage, the children should be encouraged to pronounce new pinyin on their own.
o Demonstrate the stroke order of each character to beginners. The teacher should guide the children in analyzing new characters and encourage them to use their imagination to aid memorization.
o Provide every opportunity for the children to develop their listening and speaking skills.
o Modify, recycle or extend the games and some exercises according to the children's levels. A wide variety of exercises in the workbook can be used for both class work and homework.
o Encourage children to recite times table in Books 3 and 4 of this series.

- The children are expected to:
o Listen to the recording of the text and new words.
o Make a conversation or retell the story by looking at the pictures in each text.
o Read and recite the rhyme in each lesson.
o Trace the new characters in each lesson and memorize radicals and simple characters.

Yamin Ma
August 2014, Hong Kong

Author's acknowledgements

The author is grateful to all the following people who have helped to bring the books to publication:

- 侯明女士 who trusted my ability and expertise in the field of Chinese language teaching and learning, and offered support during the period of publication.
- Editors, 李玥展、胡安宇, graphic designers, 鍾文君、孫素玲 for their meticulous work. I am greatly indebted to them.
- Art consultants, Arthur Y. Wang and Annie Wang, whose guidance, creativity and insight have made the books beautiful and attractive. Artists, 陸穎、萬瓊、龔華偉、于霆、張樂民、吳蓉蓉, Arthur Y. Wang and Annie Wang for their artistic ability in the illustrations.
- Ms. Xinying Li who gave valuable suggestions in the design of this series, contributed exercises and rhymes and proofread the manuscripts. I am grateful for her encouragement and support for my work.
- Ms. Xinying Li, 胡廉軻、馬繪淋、鍾心悦 who recorded the voice tracks that accompany this series.
- Finally, members of my family who have always supported and encouraged me to pursue my research and work on these books. Without their continual and generous support, I would not have had the energy and time to accomplish this project.

CONTENTS

相關教學資源 Related Teaching Resources

歡迎瀏覽網址或掃描二維碼瞭解《輕鬆學漢語》《輕鬆學漢語（少兒版）》電子課本。

For more details about e-textbook of *Chinese Made Easy*, *Chinese Made Easy for Kids*, please visit the website or scan the QR code below.
http://www.jpchinese.org/ebook

dì yī kè
第一課

tā men dōu gōng zuò
他們都工作

1

wǒ yǒu wài gōng　　wài pó　　　tā men měi tiān dōu zài jiā
我有外公、外婆。他們每天都在家

gōng zuò
"工作"。

2

wǒ yǒu yí ge jiù jiu hé
我有一個舅舅和

yí ge ā yí　　　tā men
一個阿姨。他們

dōu gōng zuò
都工作。

3

ā yí jiā yǒu yì zhī xiǎo bái tù　　tā měi tiān dōu zài
阿姨家有一隻小白兔。牠每天都在

jiā chī chī hē hē　　tā bù　　gōng zuò
家吃吃喝喝。牠不"工作"。

New words:

1 外 (wài) related through one's mother's, sister's or daughter's side of the family

2 公 (gōng) an elderly man
外公 (wài gōng) mother's father

3 婆 (pó) an elderly woman
外婆 (wài pó) mother's mother

4 作 (zuò) do　工作 (gōng zuò) work

5 舅（舅）(jiù jiu) mother's brother

6 阿 (ā) a prefix

7 姨 (yí) aunt
阿姨 (ā yí) mother's sister

8 隻 (zhī) a measure word (used for animals)

9 牠 (tā) it

10 吃吃喝喝 (chī chī hē hē) eat and drink and be merry

1 Say the family members in Chinese.

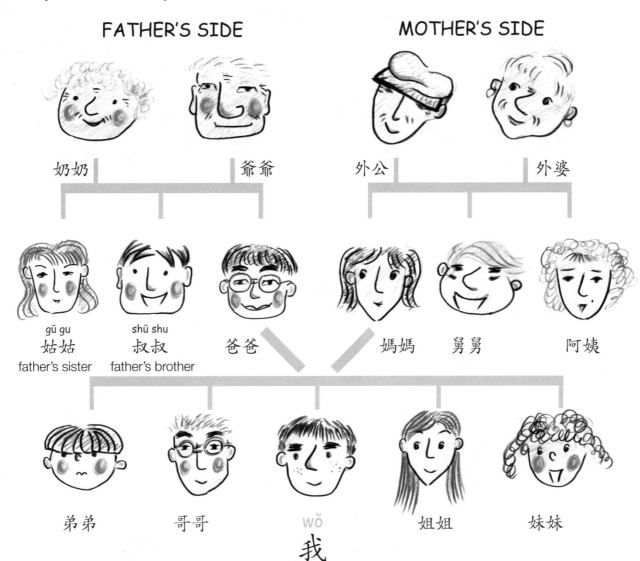

FATHER'S SIDE   MOTHER'S SIDE

奶奶   爺爺   外公   外婆

gū gu   *shū shu*
姑姑   叔叔   爸爸   媽媽   舅舅   阿姨
father's sister father's brother

弟弟   哥哥   *wǒ*   姐姐   妹妹
                  我

2 Project.

Draw your family tree and introduce every family member to the class.

EXAMPLE:

zhè shì wǒ yé ye   zhè shì wǒ naǐ nai
這是我爺爺。這是我奶奶。……

3 Recite the times table on page 120.

yī yī dé yī
一一得一。
1 x 1 = 1

4 Look, read and match.

5 a) 一隻貓　　yì zhī māo

b) 三隻狗　　sān zhī gǒu

c) 一個動物園　　yí ge dòng wù yuán

d) 五條魚　　wǔ tiáo yú

e) 兩個雞蛋　　liǎng ge jī dàn

f) 一個人　　yí ge rén

g) 一隻手　　yì zhī shǒu

h) 一條褲子　　yì tiáo kù zi

i) 五個男生　　wǔ ge nán shēng

5 **Ask your classmates the questions.**

nǐ wài gōng jiào shén me míng zi   tā zhù zài nǎr
1) 你外公叫什麼名字？他住在哪兒？

nǐ yǒu jǐ ge jiù jiu
2) 你有幾個舅舅？

nǐ jiā de diàn huà hào mǎ shì duō shao
3) 你家的電話號碼是多少？

nǐ shì nǎ guó rén   nǐ huì shuō shén me yǔ yán
4) 你是哪國人？你會説什麼語言？

nǐ zǎo shang jǐ diǎn shàng xué   nǐ měi tiān zěn me shàng xué
5) 你早上幾點上學？你每天怎麼上學？

nǐ bà ba gōng zuò ma   tā měi tiān zěn me shàng bān
6) 你爸爸工作嗎？他每天怎麼上班？

6 **Listen, clap and practise.** 🎧3

wài gōng   wài pó bù gōng zuò
外公、外婆不工作，
jiù jiu   ā yí dōu gōng zuò
舅舅、阿姨都工作。
xiǎo bái tù ya xiǎo bái tù
小白兔呀小白兔，
chī chī hē hē bù gōng zuò
吃吃喝喝不工作。

7 Learn the characters.

běi
北 north

xī
west 西

dōng
東 east

nán
south 南

8 Listen to the recording. Tick what is correct and cross what is incorrect. 🎧 4

6

9 Game.

> **INSTRUCTIONS:**
>
> 1 The whole class may join the game.
>
> 2 The teacher starts a sentence and a student is asked to complete it.
>
> 3 Those who cannot complete the sentences, or say the wrong words are out of the game.

EXAMPLE:

lǎo shī　　wǒ xǐ huan
老師：我喜歡

xué shēng　yǎng chǒng wù
學生：養寵物

10 Speaking practice.

EXAMPLE:

wǒ jiā yǒu liù kǒu rén　　yé
我家有六口人：爺
ye　　nǎi nai　　bà ba　　mā ma
爺、奶奶、爸爸、媽媽、
gē ge hé wǒ　　　wǒ yé ye jīn nián
哥哥和我。我爺爺今年
liù shí qī suì　　　tā shǔ
六十七歲。他屬……

| IT IS YOUR TURN! |

Introduce your family members to the class.

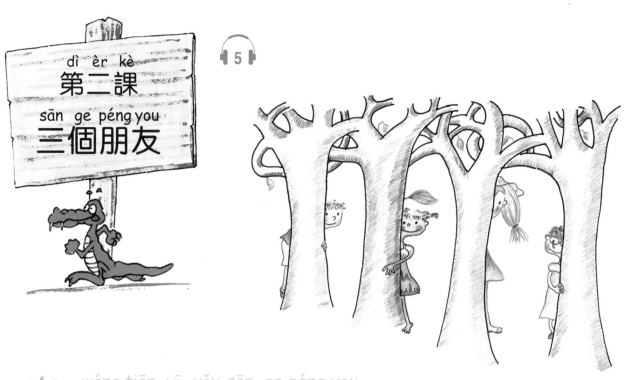

第二課
dì èr kè

三個朋友
sān ge péng you

 5

1 王天一有三個朋友。
wáng tiān yī yǒu sān ge péng you

2

胡小光現在住在北
hú xiǎo guāng xiàn zài zhù zài běi

京。他的個子矮矮
jīng   tā de gè zi ǎi ǎi

的，頭髮短短的。
de   tóu fa duǎn duǎn de

3

huáng xiǎo hóng xiàn zài
黃 小 紅 現 在
zhù zài shàng hǎi
住 在 上 海 。
tā de gè zi gāo
她 的 個 子 高
gāo de   tuǐ cháng
高 的 ，腿 長
cháng de
長 的 。

4

tián bīng yě zhù zài shàng hǎi   tā de gè zi bù gāo
田 冰 也 住 在 上 海 。 她 的 個 子 不 高 。
tā de tóu fa juǎn juǎn de   tā dài yǎn jìng
她 的 頭 髮 捲 捲 的 。 她 戴 眼 鏡 。

New words:

péng
1 朋　friend

yǒu
2 友　friend

péng you
朋友　friend

hú
3 胡　a surname

xiǎo guāng
4 小光　a given name

běi jīng
5 北京　Beijing

gè zi
6 個子　height; stature

ǎi
7 矮　short (of stature)

duǎn
8 短　short (in length)

huáng
9 黃　a surname

xiǎo hóng
10 小紅　a given name

shàng hǎi
11 上海　Shanghai

tuǐ
12 腿　leg

tián
13 田　a surname

bīng
14 冰　a given name

juǎn
15 捲　curl

dài
16 戴　wear (accessories)

jìng
17 鏡　lens

yǎn jìng
眼鏡　glasses

1 Look, read and match.

tā hěn pàng
5 a) 他很胖。

tā hěn gāo
☐ b) 他很高。

tā hěn shòu
☐ c) 她很瘦。

tā hěn ǎi
☐ d) 他很矮。

tā de tóu fa hěn cháng
☐ e) 她的頭髮很長。

tā de liǎn yuán yuán de
☐ f) 他的臉圓圓的。

10

2 Learn the characters.

zhí

直

straight

qū

曲

crooked

3 Recite the times table on page 120.

yī èr dé èr   èr èr dé sì
一二得二，二二得四。
1 x 2 = 2   2 x 2 = 4

4 Ask your classmates the questions.

nǐ mā ma gōng zuò ma
1) 你媽媽工作嗎？

nǐ mā ma dài yǎn jìng ma
2) 你媽媽戴眼鏡嗎？

tā de tóu fa shén me yán sè
3) 她的頭髮什麼顏色？

tā de gè zi gāo ma
4) 她的個子高嗎？

5 Listen, clap and practise. 🎧7

wǒ yǒu liǎng ge hǎo péng you
我有兩個好朋友：

yí ge gè zi gāo　　yí ge gè zi ǎi
一個個子高，一個個子矮，

yí ge tóu fa cháng　　yí ge tóu fa duǎn
一個頭髮長，一個頭髮短，

yí ge zài běi jīng　　yí ge zài shàng hǎi
一個在北京，一個在上海。

6 Game.

INSTRUCTIONS:

1 The whole class may join the game.

2 One student comes to the front and imitates an animal. The rest of the class guess what the animal is.

7 Listen to the recording. Tick what is correct and cross what is incorrect. 🎧8

8 Speaking practice.

EXAMPLE:

tā hěn ǎi
他很矮。

Useful words:

a gāo 高
b ǎi 矮
c zhí 直
d juǎn 捲
e cháng 長
f duǎn 短
g pàng 胖
h shòu 瘦

9 Project.

Draw your favourite cartoon character and describe him/her to the class.

dì sān kè
第三課

tā chuān lián yī qún
她穿連衣裙

1

huáng xiǎo hóng jīn tiān chuān lián yī qún
黃小紅今天穿連衣裙，

jiǎo shang chuān wà zi hé pí xié
腳上穿襪子和皮鞋。

2

tián bīng jīn tiān chuān xù
田冰今天穿 T 恤

shān hé duǎn kù jiǎo shang
衫和短褲，腳上

chuān liáng xié
穿涼鞋。

New words: 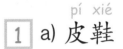10

① 連 lián link   連衣裙 lián yī qún dress   **④** T 恤衫 xù shān T-shirt

② 襪 wà socks   襪子 wà zi socks   **⑤** 短褲 duǎn kù shorts

③ 鞋 xié shoe   皮鞋 pí xié leather shoes   **⑥** 涼 liáng cool   涼鞋 liáng xié sandals

1 Look, read and match.

pí xié
1 a) 皮鞋

cháng kù
☐ b) 長褲

liáng xié
☐ c) 涼鞋

xù shān
☐ d) T 恤衫

lián yī qún
☐ e) 連衣裙

duǎn kù
☐ f) 短褲

wà zi
☐ g) 襪子

2 Learn the characters.

yún

雲
cloud

①

②

shí

石
stone

3 Game.

INSTRUCTIONS:

1 The whole class may join the game.

2 The teacher says one item in Chinese, and the students are expected to say its colour(s).

红色

蘋果

黃色

lǎo shī   píng guǒ

EXAMPLE: 老師：蘋果

xué shēng   hóng sè
學 生 1：紅色

xué shēng   huáng sè
學 生 2：黃色

4 Say the colours in Chinese.

lán sè
EXAMPLE: 藍色

① ② ③ ④ ⑤ ⑥ ⑦ ⑧

5 **Ask your partner the questions.**

nǐ jiào shén me míng zi   nǐ shǔ shén me

1) 你叫什麼名字？你屬什麼？

nǐ jīn nián jǐ suì   nǐ shàng jǐ nián jí

2) 你今年幾歲？你上幾年級？

nǐ xǐ huan shén me yán sè   nǐ xǐ huan chuān xù shān ma

3) 你喜歡什麼顏色？你喜歡穿T恤衫嗎？

nǐ xǐ huan chī shén me   nǐ xǐ huan hē shén me

4) 你喜歡吃什麼？你喜歡喝什麼？

nǐ yǒu shén me ài hào

5) 你有什麼愛好？

6 **Write the characters.**

7 Listen to the recording. Tick what is correct and cross what is incorrect. 🎧11

8 Recite the times table on page 120.

9 Listen, clap and practise. 🎧12

hóng xù pèi lù duǎn kù
紅T恤配綠短褲，
nǐ shuō hǎo kàn bù hǎo kàn
你說好看不好看？
hēi wà zi pèi bái liáng xié
黑襪子配白涼鞋，
nǐ shuō hǎo kàn bù hǎo kàn
你說好看不好看？

10 Speaking practice.

EXAMPLE:

zhè shì wǒ jiù jiu tā jīn nián
這是我舅舅。他今年
sān shí suì shǔ hǔ tā xiàn zài zhù
三十歲，屬虎。他現在住
zài měi guó tā yǒu yí ge ér zi hé
在美國。他有一個兒子和
son
yí ge nǚ ér
一個女兒。……
daughter

| IT IS YOUR TURN! | Show a photo of your relatives. Introduce them to the class. |

11 Project.

Design five types of shoes and tell the class the names and colours of the shoes.

dì di chuān dà yī
弟弟穿大衣

1
xiǎo guāng jīn tiān chuān máo yī
小光今天穿毛衣、
wài tào hé niú zǎi kù
外套和牛仔褲。

2
tā dì di jīn tiān chuān
他弟弟今天穿
dà yī　　　dài mào zi
大衣，戴帽子、
wéi jīn hé shǒu tào
圍巾和手套。

3
nǐ jīn tiān chuān shén me yī fu
你今天穿什麼衣服？

New words: 14

1. máo 毛 wool　máo yī 毛衣 sweater
2. wài 外 outer
3. tào 套 cover
   - wài tào 外套 coat　shǒu tào 手套 gloves
4. zǎi 仔 a young man
   - niú zǎi 牛仔 cowboy　niú zǎi kù 牛仔褲 jeans
5. dà yī 大衣 overcoat
6. mào 帽 hat　mào zi 帽子 hat
7. wéi 圍 enclose
8. jīn 巾 piece of cloth　wéi jīn 圍巾 scarf
9. yī fu 衣服 clothes

1 Look, read and match.

①

②

③

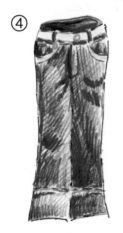
④

⑤

⑥

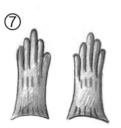
⑦

⑧

5 a) máo yī 毛衣

☐ b) wài tào 外套

☐ c) dà yī 大衣

☐ d) niú zǎi kù 牛仔褲

☐ e) liáng xié 涼鞋

☐ f) shǒu tào 手套

☐ g) mào zi 帽子

☐ h) wéi jīn 圍巾

2 Learn the characters.

fēng ①

風

wind

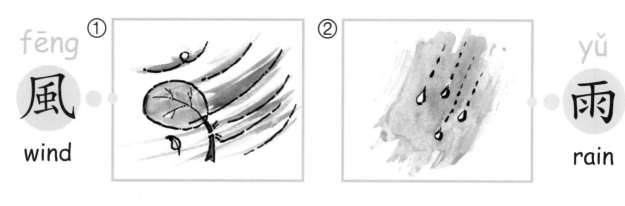

②

yǔ

雨

rain

3 Listen, clap and practise. 🎧15

chuān máo yī　　jiā wài tào
穿 毛衣 ，加外套 ，
zài chuān yì tiáo niú zǎi kù
再 穿 一 條 牛仔褲 。
dài mào zi　　jiā wéi jīn
戴帽子 ，加圍巾 ，
zài dài yí fù pí shǒu tào
再 戴 一 副 皮手套 。

4 Recite the times table on page 120.

yī sān dé sān　　　　sān sān dé jiǔ
一三得三 ，⋯⋯三三得九 。
1 x 3 = 3　　　　　　3 x 3 = 9

22

5 Colour in the pictures and describe them in Chinese.

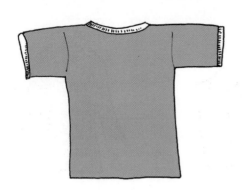

EXAMPLE:

fěn sè de   xù shān
粉色的 T 恤衫

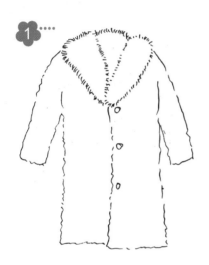

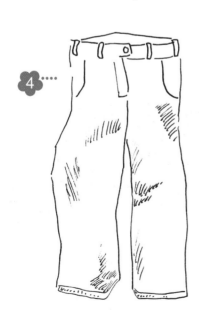

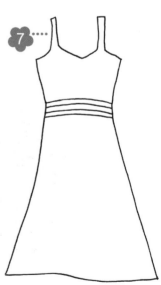

6 Listen to the recording. Tick what is correct and cross what is incorrect. 🎧16

| 1 | × | 2 | | 3 | |

| 4 | | 5 | | 6 | |

7 Describe the pictures in Chinese.

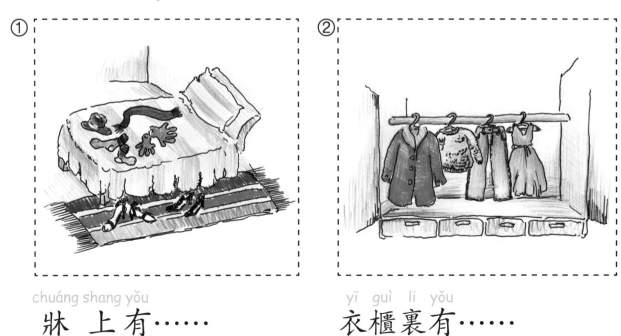

① chuáng shang yǒu

牀 上 有……

② yī guì li yǒu

衣櫃裏有……

8 Describe the pictures in Chinese.

EXAMPLE:

tā chuān niú zǎi kù

他 穿 牛仔褲。

① 圍巾

② 帽子

③ 手套

④ 毛衣

⑤ 大衣

⑥ 連衣裙

⑦ 長褲

⑧ 涼鞋

⑨ 皮鞋

⑩ 眼鏡

9 Game.

INSTRUCTIONS:

1 The whole class may join the game.

2 One student describes one of his classmates and the rest try to guess who he/she is.

EXAMPLE:

tā shì nán shēng　　tā de gè zi gāo gāo de　　liǎn chángcháng de
他是男生。他的個子高高的，臉長長的。

tā dài yǎn jìng
他戴眼鏡。

10 Ask your partner the questions.

jīn tiān jǐ yuè jǐ hào　　　jīn tiān xīng qī jǐ
1) 今天幾月幾號？今天星期幾？

nǐ měi tiān jǐ diǎn qù shàng xué　　xiàn zài jǐ diǎn
2) 你每天幾點去上學？現在幾點？

nǐ jīn tiān chuān shén me yī fu
3) 你今天穿什麼衣服？

nǐ de hàn yǔ lǎo shī jīn tiān chuān shén me yī fu
4) 你的漢語老師今天穿什麼衣服？

26

11 Speaking practice.

EXAMPLE:

tā chuān wài tào　cháng kù hé pí xié
她穿外套、長褲和皮鞋。

tā dài wéi jīn hé shǒu tào
她戴圍巾和手套。

① ② ③

12 Project.

Design five types of clothes for the fashion show and tell the class the names and colours of the clothes.

dì wǔ kè
第五課
zuó tiān xià xuě le
昨天下雪了

🎧17

☀1 昨天下雪了，很冷。
zuó tiān xià xuě le　　hěn lěng

小雪人很高興。
xiǎo xuě rén hěn gāo xìng

☀2 今天颱大風，下
jīn tiān guā dà fēng　　xià

大雨。小雪人的
dà yǔ　　xiǎo xuě rén de

身體開始化了。
shēn tǐ kāi shǐ huà le

③ míng tiān duō yún, bù lěng
明天多雲，不冷。
xiǎo xuě rén bú jiàn le
小雪人不見了！

New words: 🎧18

1 zuó 昨 yesterday　　zuó tiān 昨天 yesterday

2 xià 下 fall (of rain, snow, etc.)

3 xuě 雪 snow　　xià xuě 下雪 snow

　　xuě rén 雪人 snowman

4 lěng 冷 cold

5 xìng 興 excitement　　gāo xìng 高興 happy

6 guā 颳 blow (of wind)

　　guā fēng 颳風 wind blows

7 yǔ 雨 rain　　xià yǔ 下雨 rain

8 shēn 身 body　　shēn tǐ 身體 body

9 kāi 開 start

10 shǐ 始 start　　kāi shǐ 開始 start

11 huà 化 melt

12 míng 明 next　　míng tiān 明天 tomorrow

13 yún 雲 cloud　　duō yún 多雲 cloudy

14 jiàn 見 see

1 Look, read and match.

3 a) 今天下雪，很冷。
jīn tiān xià xuě　hěn lěng

☐ b) 今天多雲。
jīn tiān duō yún

☐ c) 今天下小雨，不冷。
jīn tiān xià xiǎo yǔ　bù lěng

☐ d) 今天下大雨。
jīn tiān xià dà yǔ

2 Say the numbers as fast as you can.

1) 十一 ·············· 二十
shí yī　　　　　　　　èr shí

2) 三十五 ············ 五十
sān shí wǔ　　　　　wǔ shí

3) 六十六 ········· 七十四
liù shí liù　　　　　qī shí sì

4) 八十 ·············· 一百
bā shí　　　　　　　yì bǎi

3 Learn the characters.

lì

立

stand

shān

山

mountain

4 Listen to the recording. Tick what is correct and cross what is incorrect. 🎧19

5 Colour in the pictures and describe each of them.

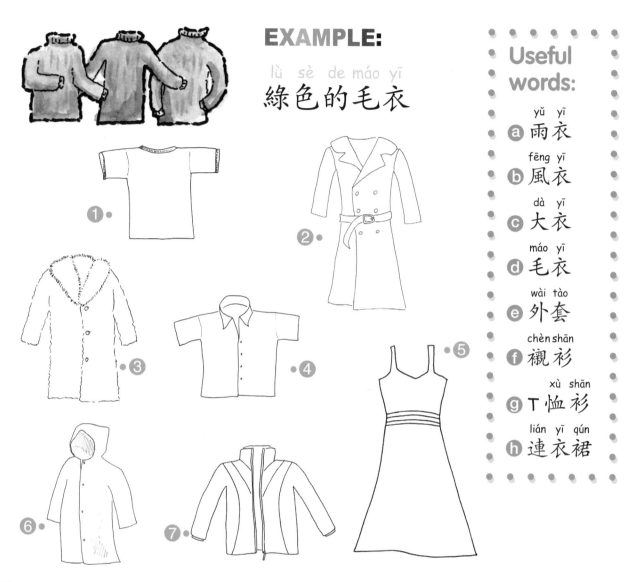

EXAMPLE:

lù sè de máo yī
綠色的毛衣

Useful words:

a yǔ yī
雨衣

b fēng yī
風衣

c dà yī
大衣

d máo yī
毛衣

e wài tào
外套

f chèn shān
襯衫

g xù shān
T恤衫

h lián yī qún
連衣裙

6 Recite the times table on page 120.

yī sì dé sì
一四得四 ，
1 x 4 = 4

sì sì shí liù
……四四十六 。
4 x 4 = 16

7 Project.

Draw a picture with mountains, trees, rivers, little houses and animals. Describe the picture to the class.

EXAMPLE:
zhè shì shān　zhè shì mǎ
這是山。這是馬。⋯⋯

8 look, read and match.

①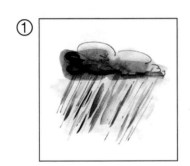

④

②

⑤

③

⑥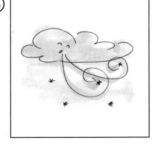

2 a)
duō yún
多雲

b)
xià dà yǔ
下大雨

c)
guā dà fēng
颳大風

d)
guā fēng　xià xuě
颳風、下雪

e)
xià xiǎo yǔ
下小雨

f)
xià dà xuě
下大雪

9 Say the numbers as fast as you can.

1)
èr　sì　　èr shí liù
二、四⋯⋯二十六

2)
yī　sān　　èr shí wǔ
一、三⋯⋯二十五

33

10 Game.

INSTRUCTIONS:

1 The class is divided into small groups.

2 Each group is asked to write characters.

3 The group writing more correct characters than any other groups wins the game.

lǎo shī
EXAMPLE: 老師：sun

xué shēng　　rì
學生：日

11 Listen, clap and practise. 20

xià xuě tiān　　tiān qì lěng
下雪天，天氣冷，

xiǎo xuě rén zhēn gāo xìng
小雪人真高興。

xià yǔ tiān　　xuě huì huà
下雨天，雪會化，

xiǎo xuě rén yǒu　diǎnr　pà
小雪人有點兒怕。

tài yáng chū　　tiān qì nuǎn
太陽出，天氣暖，

xiǎo xuě rén shuō zài jiàn
小雪人說再見。

12 Say in Chinese.

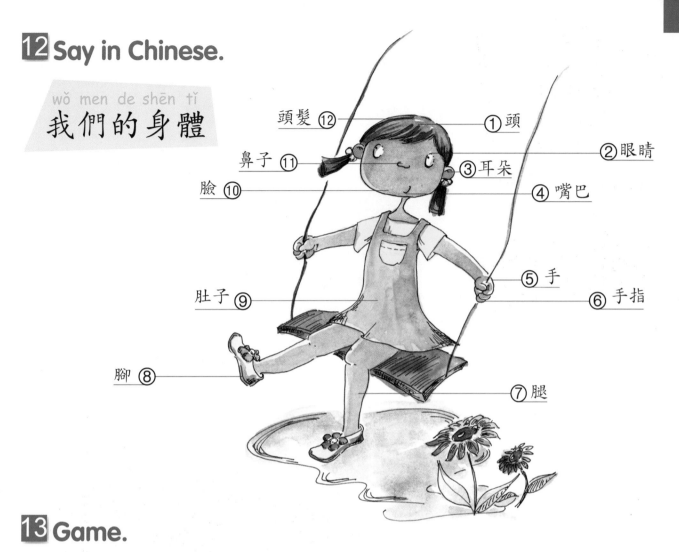

wǒ men de shēn tǐ
我們的身體

頭髮 ⑫
① 頭
② 眼睛
鼻子 ⑪
③ 耳朵
臉 ⑩
④ 嘴巴
⑤ 手
⑥ 手指
肚子 ⑨
⑦ 腿
腳 ⑧

13 Game.

INSTRUCTIONS:

1 The whole class may join the game.

2 The teacher says the month and date in English, and the students are expected to say them in Chinese.

lǎo shī
EXAMPLE: 老師：March 2

xué shēng   sān yuè èr hào
學生：三月二號

dì liù kè
第六課

xiǎo hóu zi
小猴子

1

shàng wǔ duō yún　　bú tài rè　　hóu bà
上午多雲，不太熱。猴爸

ba jiào xiǎo hóu zi qù gàn huór　　xiǎo
爸叫小猴子去幹活兒。小

hóu zi shuō　　zhè zhǒng tiān qì wǒ bú
猴子説："這種天氣我不

qù gàn huór
去幹活兒。"

2 中午天晴了，很熱。猴爸爸叫小猴子去幹活兒。小猴子說："這種天氣我不去幹活兒。"

3 猴爸爸問小猴子："什麼天氣你去幹活兒？"小猴子說："下雪天我去幹活兒。"

shàng wǔ
❶ 上午 morning

tài
❷ 太 quite; too

jiào
❸ 叫 ask

gàn
❹ 幹 do; work

huó
❺ 活 work

huór
活兒 work

zhǒng
❻ 種 kind; type

qì
❼ 氣 weather

tiān qì
天氣 weather

zhōng wǔ
❽ 中午 noon

qíng
❾ 晴 fine; sunny

wèn
❿ 問 ask

1 Look, read and match.

xià dà yǔ
3 a) 下大雨

xià xuě
b) 下雪

guā dà fēng
c) 颳大風

duō yún
d) 多雲

qíng
e) 晴

xià xiǎo yǔ
f) 下小雨

2 **Learn the characters.**

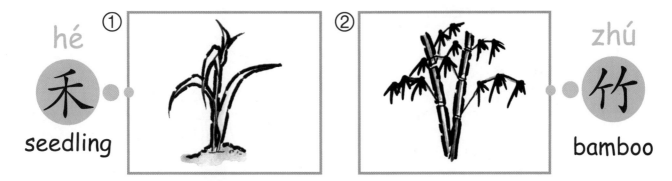

hé
禾
seedling

① ②

zhú
竹
bamboo

3 **Describe what they wear in Chinese.**

EXAMPLE:

tā chuān lǜ sè de dà yī　zōng sè de
她穿綠色的大衣、棕色的
cháng kù hé hēi sè de pí xié
長褲和黑色的皮鞋。

①

②

③

4 Listen to the recording. Tick what is correct and cross what is incorrect. 🎧23

5 Say the time in Chinese.

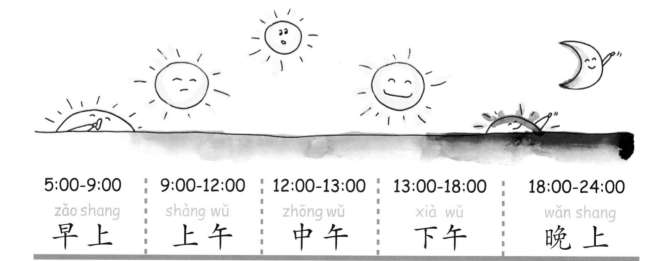

5:00-9:00	9:00-12:00	12:00-13:00	13:00-18:00	18:00-24:00
zǎo shang	shàng wǔ	zhōng wǔ	xià wǔ	wǎn shang
早上	上午	中午	下午	晚上

1 6:00 早上六點

2 10:00

3 12:00

4 14:00

5 18:00

6 20:00

6 Recite the times table on page 120.

yī sì dé sì　　　　sì sì shí liù
一四得四，……四四十六。
1x4=4　　　　4x4=16

7 Speaking practice.

EXAMPLE:

tā zǎo shang liù diǎn sì shí wǔ qǐ chuáng
他早上六點四十五起牀。

6:45
qǐ chuáng
起牀

8:00 ❶
qù shàng xué
去上學

12:30 ❷
chī wǔ fàn
吃午飯

15:15 ❸
fàng xué huí jiā
放學回家

19:00 ❹
chī wǎn fàn
吃晚飯

21:00 ❺
shuì jiào
睡覺

41

8 Game.

INSTRUCTIONS:

1 The whole class may join the game.

2 The teacher says the time in English, and the students are expected to say it in Chinese.

EXAMPLE:

lǎo shī
老師：10:00 a.m.

xué shēng shàng wǔ shí diǎn
學生：上午十點

9 Listen, clap and practise. 24

xiǎo hóu zi   zhēn lǎn duò
小猴子，真懶惰，

yì xīn xiǎng wánr   bú gàn huór
一心 想玩兒不幹活兒。

duō yún tiān bú gàn huór
多雲天不幹活兒，

dà qíng tiān bú gàn huór
大晴天不幹活兒。

shén me tiān tā gàn huór
什麼天牠幹活兒？

xià xuě tiān tā gàn huór
下雪天牠幹活兒。

10 Look, read and match.

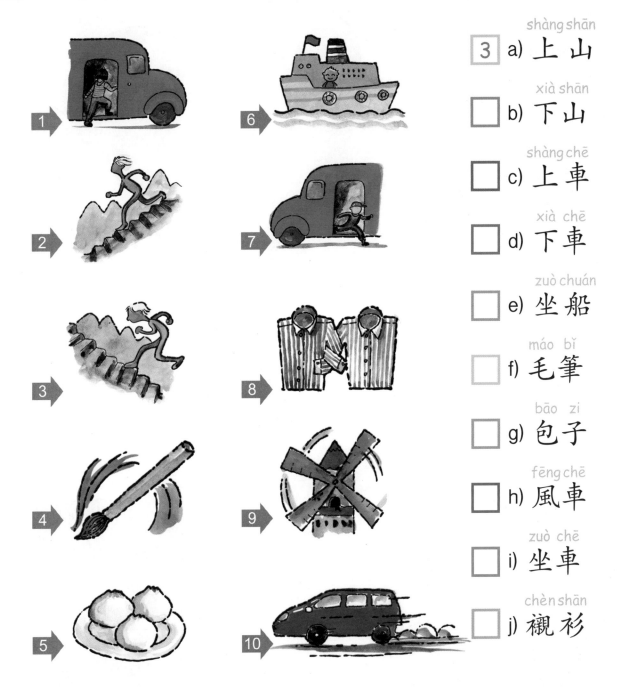

shàng shān
3 a) 上 山

xià shān
☐ b) 下 山

shàng chē
☐ c) 上 車

xià chē
☐ d) 下 車

zuò chuán
☐ e) 坐 船

máo bǐ
☐ f) 毛 筆

bāo zi
☐ g) 包 子

fēng chē
☐ h) 風 車

zuò chē
☐ i) 坐 車

chèn shān
☐ j) 襯 衫

11 Project.

Write a story about an animal of your choice and illustrate it.
Tell the story to the class.

dì qī kè
第七課
wǒ yǒu wǔ jié kè
我有五節課

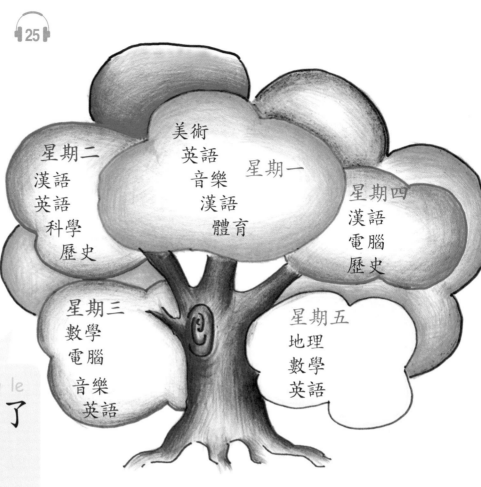

星期二
漢語
英語
科學
歷史

美術
英語
音樂
漢語
體育
星期一

星期四
漢語
電腦
歷史

星期三
數學
電腦
音樂
英語

星期五
地理
數學
英語

1

wǒ jīn tiān shàng le
我今天上了
wǔ jié kè
五節課。

2 dì yī jié shì měi shù kè
第一節是美術課。

3 dì èr jié shì yīng yǔ kè
第二節是英語課。

44

④ dì sān jié shì yīn yuè kè
第三節是音樂課。

⑤ dì sì jié shì hàn yǔ kè
第四節是漢語課。

⑥ dì wǔ jié shì tǐ yù kè
第五節是體育課。

⑦ yì tiān xià lai   nǐ zhī dao
一天下來，你知道
wǒ duō lèi ma
我多累嗎？

1 節 *jié* a measure word (used for lessons)

2 課 *kè* lesson; class 上課 *shàng kè* attend a class

3 第 *dì* a prefix (used to indicate ordinal numbers)

4 美 *měi* beautiful

5 術 *shù* art 美術 *měi shù* fine arts

6 音 *yīn* sound

7 樂 *yuè* music 音樂 *yīn yuè* music

8 下來 *xià lai* indicate from start to finish

9 知 *zhī* know

10 道 *dào* reason 知道 *zhī dao* know

11 多 *duō* indicate a certain degree or great extent

12 累 *lèi* tired

1 Look, read and match.

我學漢語

shù xué
2 a) 數學

yīng yǔ
b) 英語

kē xué
c) 科學

hàn yǔ
d) 漢語

měi shù
e) 美術

yīn yuè
f) 音樂

tǐ yù
g) 體育

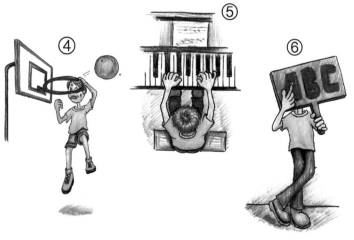

46

2 Learn the characters.

wáng ①
王 ···
king

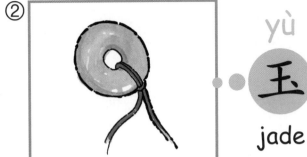

② ··· yù
玉
jade

3 Game.

日語

英語
漢語

INSTRUCTIONS:

1 The whole class may join the game.

2 The teacher names one item of a particular category, and the students add more to it.

3 Those who do not add any or add wrong items are out of the game.

lǎo shī   rì yǔ
EXAMPLE: 老師：日語

xué shēng yīng yǔ   hàn yǔ
學 生：英語、漢語······

4 Recite the times table on page 120.

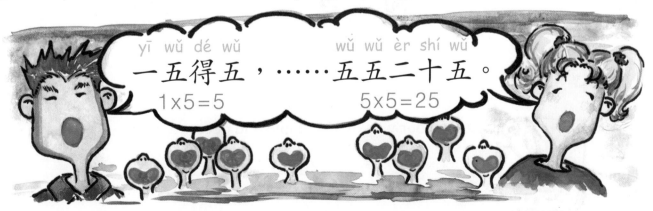

yī wǔ dé wǔ   wǔ wǔ èr shí wǔ
一五得五，······五五二十五。
1x5=5   5x5=25

5 Listen, clap and practise. 🎧27

我今天有五節課：
wǒ jīn tiān yǒu wǔ jié kè

英語課、美術課、
yīng yǔ kè   měi shù kè

漢語課、音樂課，
hàn yǔ kè   yīn yuè kè

最後一節是體育課。
zuì hòu yì jié shì tǐ yù kè

6 Listen to the recording. Tick what is correct and cross what is incorrect. 🎧28

①  ✓

②

③

④

7 Project.

Draw your weekly timetable and decorate it.

8 Ask your classmates the questions.

EXAMPLE: A: 你喜歡 上 英 語課嗎?
<small>nǐ xǐ huan shàng yīng yǔ kè ma</small>

B: 喜歡。（不喜歡。）
<small>xǐ huan　　bù xǐ huan</small>

Subjects	喜歡 <small>xǐ huan</small>	不喜歡 <small>bù xǐ huan</small>	Subjects	喜歡 <small>xǐ huan</small>	不喜歡 <small>bù xǐ huan</small>
❶ 英語 <small>yīng yǔ</small>	正	丅	❺ 電腦 <small>diàn nǎo</small>		
❷ 數學 <small>shù xué</small>			❻ 美術 <small>měi shù</small>		
❸ 漢語 <small>hàn yǔ</small>			❼ 音樂 <small>yīn yuè</small>		
❹ 科學 <small>kē xué</small>			❽ 體育 <small>tǐ yù</small>		

9 Speaking practice.

EXAMPLE:

我叫毛四海。我今年
<small>wǒ jiào máo sì hǎi　　wǒ jīn nián</small>

九歲，上五年級。我喜歡
<small>jiǔ suì　shàng wǔ nián jí　　wǒ xǐ huan</small>

上 科學課。我喜歡我的
<small>shàng kē xué kè　　wǒ xǐ huan wǒ de</small>

科學老師。……
<small>kē xué lǎo shī</small>

dì bā kè
第八課

wǒ de shū bāo
我的書包

wǒ de shū bāo li yǒu hěn duō dōng xi yǒu
我的書包裏有很多東西，有：

hàn yǔ kè běn
漢語課本、

liàn xí běn
練習本、

rì jì běn
日記本、

cǎi sè bǐ
彩色筆、

juǎn bǐ dāo
捲筆刀、

jiǎn dāo hé
剪刀和

gù tǐ jiāo
固體膠。

hái yǒu wǒ de xiǎo gǒu
還有我的小狗，

wāng wāng wāng
"汪！汪！汪！"

New words: 🎧 30

dōng xi
① 東西 thing

kè běn
② 課本 textbook

liàn
③ 練 practise

xí
④ 習 study   **liàn xí** 練習 practise

liàn xí běn
練習本 exercise book

jì
⑤ 記 record   **rì jì** 日記 diary

rì jì běn
日記本 diary (book)

juǎn bǐ dāo
⑥ 捲筆刀 pencil sharpener

jiǎn
⑦ 剪 scissors; cut

jiǎn dāo
剪刀 scissors

gù
⑧ 固 hard; solid

jiāo
⑨ 膠 glue   **gù tǐ jiāo** 固體膠 glue stick

wāng
⑩ 汪 bark

1 Look, read and match.

cǎi sè bǐ
2 a) 彩色筆

juǎn bǐ dāo
☐ b) 捲筆刀

qiān bǐ
☐ c) 鉛筆

xiàng pí
☐ d) 橡皮

jiǎn dāo
☐ e) 剪刀

gù tǐ jiāo
☐ f) 固體膠

2 Ask your partner the questions.

nǐ men xué xiào yǒu jǐ jiān jiào shì
1) 你們學校有幾間教室？

nǐ men xué xiào yǒu diàn nǎo shì ma　　yǒu jǐ jiān
2) 你們學校有電腦室嗎？有幾間？

nǐ men xué xiào yǒu cāo chǎng ma　　yǒu jǐ ge
3) 你們學校有操場嗎？有幾個？

nǐ men xué xiào yǒu lǐ táng ma　　lǐ táng dà ma
4) 你們學校有禮堂嗎？禮堂大嗎？

nǐ men xué xiào yǒu tǐ yù guǎn ma　　tǐ yù guǎn dà ma
5) 你們學校有體育館嗎？體育館大嗎？

nǐ men xué xiào yǒu tú shū guǎn ma　　tú shū guǎn dà ma
6) 你們學校有圖書館嗎？圖書館大嗎？

3 Learn the characters.

①

dīng

丁

man

②

bù

不

no; not

4 Look, read and match.

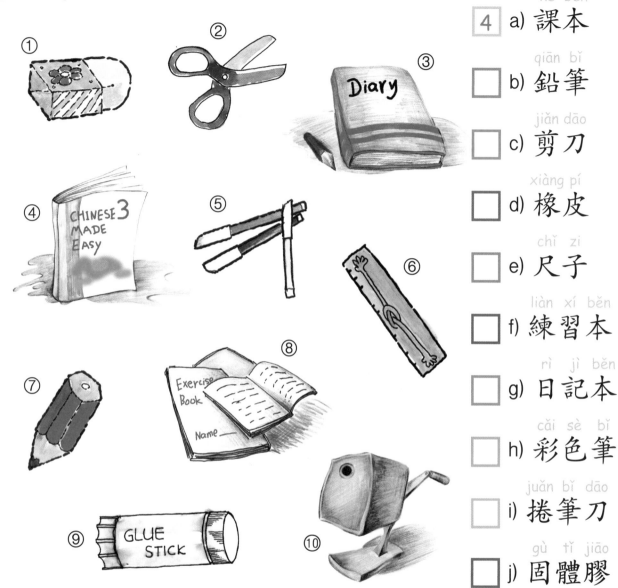

kè běn
4 a) 課本

qiān bǐ
b) 鉛筆

jiǎn dāo
c) 剪刀

xiàng pí
d) 橡皮

chǐ zi
e) 尺子

liàn xí běn
f) 練習本

rì jì běn
g) 日記本

cǎi sè bǐ
h) 彩色筆

juǎn bǐ dāo
i) 捲筆刀

gù tǐ jiāo
j) 固體膠

5 Recite the times table on page 120.

yī wǔ dé wǔ   wǔ wǔ èr shí wǔ
一五得五，……五五二十五。
1 x 5 = 5   5 x 5 = 25

6 **Listen to the recording. Tick what is correct and cross what is incorrect.** 🎧31

1 √ 2

3 4

7 **Game.**

wài
EXAMPLE: 外套

INSTRUCTIONS:

1 The class is divided into small groups.

2 Each group is asked to add one character to form a word. The students may write pinyin if they cannot write characters.

3 The group making more correct words than any other groups wins the game.

8 Speaking practice.

EXAMPLE:

dì shang yǒu zú qiú　　shū hé qiān bǐ
地上有足球、書和鉛筆。

chuáng shang yǒu
1 牀 上 有……

yǐ zi shang yǒu
2 椅子上有……

3

shū bāo li yǒu
書包裏有……

4

wén jù hé li yǒu
文具盒裏有……

dòng wù yuán li yǒu
5 動物園裏有……

6

zhuō shang yǒu
桌上有……

9 Game.

INSTRUCTIONS:

1 The class is divided into small groups.

2 The teacher whispers a word to the first member of the group. The word is whispered along to the last member who is expected to repeat that word correctly.

3 If the last student does not repeat the word correctly, this group is out of the game.

10 Listen, clap and practise. 🎧32

shū bāo li   dōng xi duō
書包裏，東西多：
rì jì běn   juǎn bǐ dāo
日記本、捲筆刀、
liàn xí běn   cǎi sè bǐ
練習本、彩色筆、
jiǎn dāo   kè běn   gù tǐ jiāo
剪刀、課本、固體膠。

11 Project.

Design a school on another planet in space. Describe the school to your class.

dì jiǔ kè
第九課
xiǎo gǒu xué yàng
小狗學樣

🎧33

1. xiǎo gǒu xǐ huan xué
小狗喜歡學
wǒ de yàng
我的樣。

2. wǒ shuā yá   tā yě shuā yá
我刷牙，牠也刷牙。

3. wǒ zuò zuò yè   tā yě
我做作業，牠也
zuò zuò yè
做作業。

4 wǒ wánr diàn nǎo yóu xì　tā
我玩兒電腦遊戲，牠

yě wánr diàn nǎo yóu xì
也玩兒電腦遊戲。

5 wǒ shàng wǎng　　tā yě shàng wǎng
我上網，牠也上網。

6 wǒ pǎo bù　tā yě pǎo bù
我跑步，牠也跑步。

7 tā xǐ huan jiào　　wāng
牠喜歡叫："汪！

wāng　wāng　　wǒ bù xué
汪！汪！"我不學

tā de yàng
牠的樣。

1. yàng 樣 model
2. shuā 刷 brush　shuā yá 刷牙 brush teeth
3. zuò 做 do
4. yè 業 school work　zuò yè 作業 homework
5. wán 玩 play
6. yóu 遊 tour
7. xì 戲 game　yóu xì 遊戲 game

8. shàng 上 go
9. wǎng 網 Internet
   shàng wǎng 上網 go on the Internet
10. pǎo 跑 run
11. bù 步 step　pǎo bù 跑步 run; jog
12. jiào 叫 shout; bark

1 Listen, clap and practise. 🎧35

wǒ jiā de xiǎo huā gǒu　　xǐ huan xué wǒ de yàng
我家的小花狗，喜歡學我的樣。

wǒ qù shuā yá tā yě shuā
我去刷牙牠也刷，

wǒ qù pǎo bù tā yě pǎo
我去跑步牠也跑，

wǒ zuò zuò yè tā yě zuò
我做作業牠也做，

wǒ wánr yóu xì tā yě wánr
我玩兒遊戲牠也玩兒，

nǐ shuō hǎo wánr bù hǎo wánr
你說好玩兒不好玩兒。

2 Recite the times table on page 120.

yī liù dé liù
一六得六，……六六三十六。
1x6=6
liù liù sān shí liù
6x6=36

3 Look, read and match.

kàn shū
6 a) 看書

huá bīng
☐ b) 滑冰

huá xuě
☐ c) 滑雪

pǎo bù
☐ d) 跑步

kàn diàn shì
☐ e) 看電視

kàn diàn yǐng
☐ f) 看電影

tī zú qiú
☐ g) 踢足球

tán gāng qín
☐ h) 彈鋼琴

zuò zuò yè
☐ i) 做作業

wánr diàn nǎo yóu xì
☐ j) 玩兒電腦遊戲

shàng wǎng
☐ k) 上網

4 Listen to the recording. Tick what is correct and cross what is incorrect. 🎧 36

1 ✗   **2**   **3**   **4**

5 Game.

看書

read a book

EXAMPLE:

xué shēng   kàn shū
學 生 1：看書

xué shēng
學 生 2：read a book

INSTRUCTIONS:

1 The class is divided into pairs.

2 Each pair is given a card with only Chinese characters on it. Student A reads out the word, and student B is asked to tell the meaning of the word.

3 The pair is out of the game, if he/she pronounces the word incorrectly or tells the wrong meaning.

4 In the second round, student A and student B reverse roles.

6 Answer the questions.

jīn tiān jǐ yuè jǐ hào   jīn tiān xīng qī jǐ
1) 今天幾月幾號？ 今天星期幾？

míng tiān jǐ yuè jǐ hào   míng tiān xīng qī jǐ
2) 明天幾月幾號？ 明天星期幾？

7 Speaking practice.

7:00	起牀
7:30	吃早飯
8:00	去上學
8:30	開始上課
13:00	吃午飯
15:20	放學回家
16:00	做作業
18:00	吃晚飯
19:00	看電視
21:00	睡覺

EXAMPLE:

wǒ yì bān qī diǎn qǐ chuáng wǒ
我一般七點起牀。我

qī diǎn bàn chī zǎo fàn wǒ bā diǎn qù
七點半吃早飯。我八點去

shàng xué wǒ zuò xiào chē shàng xué
上學。我坐校車上學。

wǒ men bā diǎn bàn kāi shǐ shàng kè wǒ
我們八點半開始上課。我

xià wǔ yī diǎn chī wǔ fàn
下午一點吃午飯。……

IT IS YOUR TURN!

Introduce your daily routine to the class.

8 Learn the characters.

qì

氣

gas

①

②

fēi

飛

fly

9 Make short conversations.

nǐ zhī dao shéi xǐ huan dǎ qiú ma
你知道誰喜歡打球嗎？

wáng tiān yī xǐ huan dǎ qiú
王天一喜歡打球。

wáng tiān yī nǐ xǐ huan
王天一，你喜歡

dǎ qiú ma
打球嗎？

xǐ huan
喜歡。

Phrases:

kàn shū	huá xuě	tī zú qiú	chī kuài cān
1) 看書	2) 滑雪	3) 踢足球	4) 吃快餐
kàn diàn shì	shàng wǎng	tán gāng qín	qí zì xíng chē
5) 看電視	6) 上網	7) 彈鋼琴	8) 騎自行車
kàn diàn yǐng	qí mǎ	zuò zuò yè	hē kě lè
9) 看電影	10) 騎馬	11) 做作業	12) 喝可樂
huá bīng	pǎo bù	chī líng shí	wánr diàn nǎo yóu xì
13) 滑冰	14) 跑步	15) 吃零食	16) 玩兒電腦遊戲

10 Say the numbers in Chinese.

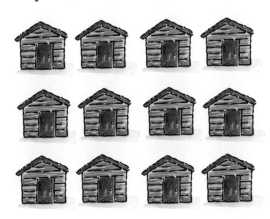

EXAMPLE:

shí èr

十二

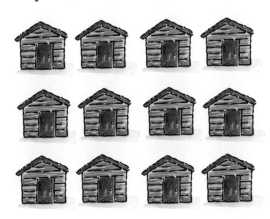

1

2

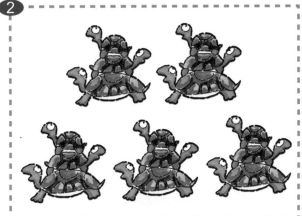

3

dì shí kè
第十課
zài gōng yuán li
在公園裏

zài gōng yuán li　　xiǎo dì di bú jiàn le
1 在公園裏，小弟弟不見了。

dì di bú zài huá huá tī
2 弟弟不在滑滑梯。

dì di bú zài dàng qiū qiān
3 弟弟不在盪鞦韆。

dì di bú zài pāi pí qiú
4 弟弟不在拍皮球。

dì di bú zài zhuō mí cáng
5 弟弟不在捉迷藏。

dì di zài nàr
6 弟弟在那兒。

tā zài shù wū li
他在樹屋裏。

New words:

gōng
① 公 public

yuán
② 園 garden

gōng yuán
公園 park

zài
③ 在 be doing

tī
④ 梯 ladder; stairs

huá tī
滑梯 children's slide

dàng
⑤ 盪 swing

qiū qiān
⑥ 鞦韆 swing

pāi
⑦ 拍 dribble

pí qiú
⑧ 皮球 ball

zhuō
⑨ 捉 grab; catch

mí
⑩ 迷 lost

cáng
⑪ 藏 hide

zhuō mí cáng
捉迷藏 hide-and-seek

nà
⑫ 那 that

nàr
那兒 there

shù
⑬ 樹 tree

wū
⑭ 屋 house

1 Read, guess and match.

liǎng zhī māo
3 a) 兩隻貓

liù tiáo yú
☐ b) 六條魚

yí ge cǎi sè qì qiú
☐ c) 一個彩色氣球

yì zhī yáng
☐ d) 一隻羊

liǎng duǒ yún
☐ e) 兩朵雲

yí ge chāo rén
☐ f) 一個超人

2 Learn the characters.

quǎn ①

犬

dog

②

jiàn

見

see

3 Game.

馬力喜歡騎自行車。

對。

INSTRUCTIONS:

1 The whole class may join the game.

2 One student guesses if his classmate likes doing certain things. The classmate either says "correct" or "incorrect".

xué shēng   mǎ lì xǐ huan qí zì xíng chē

EXAMPLE: 學 生 1：馬力喜歡騎自行車。

xué shēng   duì   bú duì

學 生 2：對。（不對。）

4 Listen, clap and practise. 🎧39

gōng yuán li   hái zi duō

公 園 裏，孩子多。

yǒu de huá huá tī   yǒu de dàng qiū qiān

有的滑滑梯，有的盪鞦韆，

yǒu de pāi pí qiú   yǒu de zhuō mí cáng

有的拍皮球，有的捉迷藏。

5 Make short conversations.

EXAMPLE:

A: 你喜歡 盪鞦韆 嗎？
nǐ xǐ huan dàng qiū qiān ma

B: 喜歡。（不喜歡。）
xǐ huan　　bù xǐ huan

① 盪鞦韆
② 捉迷藏
③ 滑滑梯
④ 玩兒電腦遊戲

⑤ 看電視
⑥ 踢足球
⑦ 拍皮球
⑧ 滑冰

⑨ 上網
⑩ 彈鋼琴
⑪ 騎自行車
⑫ 看書

6 Recite the times table on page 120.

一六得六，……六六三十六。
yī liù dé liù　　　　liù liù sān shí liù
1x6=6　　　　6x6=36

70

7 Speaking practice.

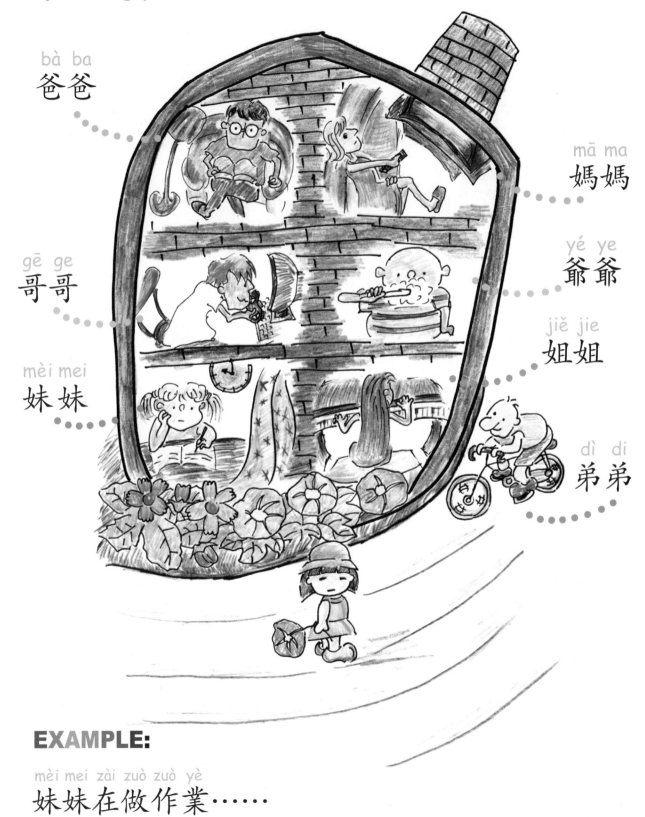

bà ba
爸爸

mā ma
媽媽

yé ye
爺爺

gē ge
哥哥

jiě jie
姐姐

mèi mei
妹妹

dì di
弟弟

EXAMPLE:

mèi mei zài zuò zuò yè
妹妹在做作業⋯⋯

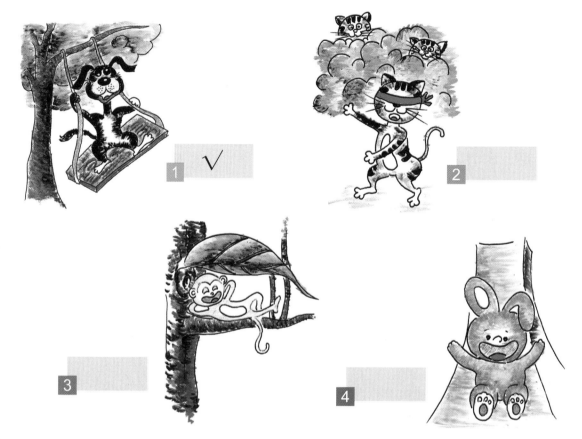

1 ✓

2

3

4

9 Ask five classmates the questions.

nǐ zǎo shang yì bān jǐ diǎn qǐ chuáng
1) 你早上一般幾點起牀？

nǐ zǎo fàn yì bān chī shén me
2) 你早飯一般吃什麼？

nǐ wǎn shang yì bān zuò shén me
3) 你晚上一般做什麼？

nǐ xīng qī liù yì bān zuò shén me
4) 你星期六一般做什麼？

10 Colour in the picture and describe it in Chinese.

EXAMPLE: 有的人在盪鞦韆，有的人在……

yǒu de rén zài dàng qiū qiān   yǒu de rén zài

11 Project.

Design a theme park and describe it to the class.

第十一課
老虎和小兔

1

老虎來了！快把
窗子關上！

2

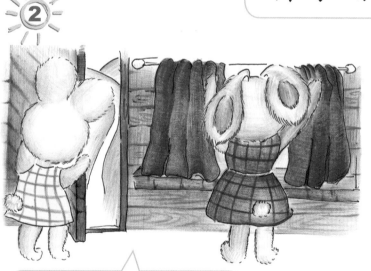

快把門關上！

3

快把燈關上！

4

xiǎo bái tù
小白兔，
qǐng kāi chuāng
請開窗！

bù kāi bù kāi
不開！不開！
jiù bù kāi
就不開！

5

xiǎo bái tù
小白兔，
qǐng kāi mén
請開門！

bù kāi bù kāi
不開！不開！
jiù bù kāi
就不開！

New words: 🎧42

① 把 bǎ　a particle

② 窗 chuāng　window　　窗子 chuāng zi　window

③ 關 guān　close; turn off

　關上 guān shang　close; turn off

④ 門 mén　door

⑤ 開 kāi　open; turn on　　開門 kāi mén　open the door

⑥ 燈 dēng　lamp

⑦ 就 jiù　just

1 Say in Chinese.

1. 對不起！

2. 請進！

3. 別説話！

4. 站起來！

5. 請舉手！

6. 請坐下！

7. 請關燈！

8. 請開燈！

9. 請開窗！

10. 請關窗！

11. 請開門！

12. 請關門！

2 Game.

坐下!

INSTRUCTIONS:

1 This game is just like "Simon says". The whole class may join the game.

2 When the teacher says a command, the students are expected to follow the command.

3 Those who do not follow the command are out of the game.

Phrases:

zuò xia 1) 坐下	kāi mén 2) 開門	kāi dēng 3) 開燈	tán gāng qín 4) 彈鋼琴
kāi chuāng 5) 開窗	pǎo bù 6) 跑步	tī zú qiú 7) 踢足球	zhàn qi lai 8) 站起來
qí mǎ 9) 騎馬	chī fàn 10) 吃飯	dàng qiū qiān 11) 盪鞦韆	qí zì xíng chē 12) 騎自行車

3 Listen to the recording. Tick what is correct and cross what is incorrect. 🎧43

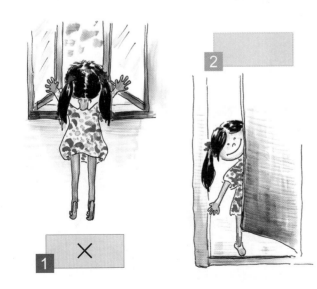

1 ✕

2

3

4

4 Learn the characters.

zú
足
foot
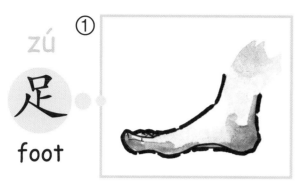

zǒu
走
walk

5 Listen, clap and practise.

lǎo hǔ yào chī xiǎo bái tù
老虎要吃小白兔。

xiǎo tù guān shang mén
小兔關上門，

xiǎo tù guān shang chuāng
小兔關上窗，

xiǎo tù guān shang dēng
小兔關上燈，

lǎo hǔ jìn bu qù
老虎進不去。

6 Recite the times table on page 120.

yī qī dé qī   qī qī sì shí jiǔ
一七得七，……七七四十九。
1 x 7 = 7   7 x 7 = 49

7 Ask your classmates the questions.

nǐ jīn nián jǐ suì　　nǐ shàng jǐ nián jí
1) 你今年幾歲？你上幾年級？

nǐ shì nǎ guó rén　　nǐ huì shuō shén me yǔ yán
2) 你是哪國人？你會說什麼語言？

nǐ zǎo shang yì bān jǐ diǎn qǐ chuáng　　nǐ chī zǎo fàn ma
3) 你早上一般幾點起牀？你吃早飯嗎？

nǐ měi tiān zěn me shàng xué
4) 你每天怎麼上學？

nǐ men xué xiào yǒu cāo chǎng ma　　yǒu jǐ ge
5) 你們學校有操場嗎？有幾個？

nǐ xǐ huan shàng shén me kè　　nǐ bù xǐ huan shàng shén me kè
6) 你喜歡上什麼課？你不喜歡上什麼課？

nǐ xǐ huan chī shén me　　nǐ xǐ huan hē shén me
7) 你喜歡吃什麼？你喜歡喝什麼？

nǐ yǒu shén me ài hào
8) 你有什麼愛好？

8 Project.

Create a story about the animals you choose and draw a few
pictures to illustrate it. Tell the story to the class.

dì shí èr kè
第十二課

guò shēng rì
過生日

1 jīn tiān xiǎo guāng guò shēng rì
今天小光過生日。

2
cān zhuō shang yǒu shǔ piàn
餐桌上有薯片、
shǔ tiáo　　qiǎo kè lì
薯條、巧克力、
bǐng gān　　bīng qí lín
餅乾、冰淇淋、
dàn gāo děng
蛋糕等。

xiǎo gǒu tiào shang zhuō zi bǎ dàn gāo chī le

3 小狗跳上 桌子，把蛋糕吃了。

xiǎo guāng zuò zài dì shang

4 小 光 坐在地上

kū le qǐ lái

哭了起來。

guò
❶ 過 spend (time)

cān zhuō
❷ 餐桌 dining table

shǔ
❸ 薯 potato; yam

shǔ tiáo
薯條 French fries

piàn **shǔ piàn**
❹ 片 slice 薯片 crisps

qiǎo kè lì
❺ 巧克力 chocolate

bǐng
❻ 餅 round flat cake

gān **bǐng gān**
❼ 乾 dry 餅乾 biscuit

bīng qí lín
❽ 冰淇淋 ice cream

gāo **dàn gāo**
❾ 糕 cake 蛋糕 cake

tiào
❿ 跳 jump

kū
⓫ 哭 cry

qi lai
⓬ 起來 indicate the start of an anction

---

1 ## Look, read and match.

 ①

 ②

 ③

④

⑤

⑥

⑦

⑧

bǐng gān
8 a) 餅乾

shǔ tiáo
☐ b) 薯條

qiǎo kè lì
☐ c) 巧克力

dàn gāo
☐ d) 蛋糕

shǔ piàn
☐ e) 薯片

miàn bāo
☐ f) 麵包

hàn bǎo bāo
☐ g) 漢堡包

sān míng zhì
☐ h) 三明治

2 Learn the characters.

zì jǐ
自 己
oneself

3 Ask your classmates the questions.

nǐ yì bān jǐ diǎn qǐ chuáng jǐ diǎn shuì jiào
1) 你一般幾點起牀？幾點睡覺？

nǐ jǐ diǎn shàng xué nǐ zěn me shàng xué
2) 你幾點上學？你怎麼上學？

jīn tiān jǐ yuè jǐ hào xīng qī jǐ xiàn zài jǐ diǎn
3) 今天幾月幾號？星期幾？現在幾點？

4 Game.

INSTRUCTIONS:

1 The whole class may join the game.

2 When the teacher says an action word, the students are expected to act it out.

3 Those who do not act accordingly are out of the game.

kū tiào pǎo pāi zhàn shuō zuò
Action words: 哭 跳 跑 拍 站 説 坐

5 **Listen to the recording. Tick what is correct and cross what is incorrect.** 🎧47

6 **Game.**

INSTRUCTIONS:

1. The teacher prepares some cards with Chinese words on them.

2. Each student is given a card and must not show the card to anyone. The students take turns going up to the board to draw a picture of the word.

3. The rest of the class guesses what the word is and says it in Chinese.

Words on the cards:

mén	chuāng	zhuō zi	yǐ zi	shù
1) 門	2) 窗	3) 桌子	4) 椅子	5) 樹
dēng	chuáng	chǐ zi	xiàng pí	juǎn bǐ dāo
6) 燈	7) 牀	8) 尺子	9) 橡皮	10) 捲筆刀
liáng xié	wéi jīn	shù wū	guā fēng	xuě rén
11) 涼鞋	12) 圍巾	13) 樹屋	14) 颱風	15) 雪人

7 Ask your classmates the questions.

nǐ xǐ huan chī shǔ piàn ma
EXAMPLE: 你喜歡吃薯片嗎?

	Number of students like ...		Number of students like ...
shǔ piàn ❶ 薯片	正	miàn bāo ❽ 麵包	
shǔ tiáo ❷ 薯條		miàn tiáo ❾ 麵條	
bǐng gān ❸ 餅乾		mǐ fàn ❿ 米飯	
dàn gāo ❹ 蛋糕		líng shí ⓫ 零食	
qiǎo kè lì ❺ 巧克力		niú nǎi ⓬ 牛奶	
jī dàn ❻ 雞蛋		guǒ zhī ⓭ 果汁	
rè gǒu ❼ 熱狗		kě lè ⓮ 可樂	

8 Recite the times table on page 120.

yī qī dé qī   qī qī sì shí jiǔ
一七得七，……七七四十九。
1 x 7 = 7   7 x 7 = 49

9 Write the characters.

EXAMPLE:

yún

雲

①

②

③

④

⑤

⑥

⑦

⑧

⑨

⑩

⑪

⑫

⑬

⑭

10 Project.

Design a birthday cake or card for your best friend.

11 Listen, clap and practise. 🎧48

wǒ jiā xiǎo mèi mei
我家小妹妹，

xǐ huan chī dōng xi
喜歡吃東西：

chī le shǔ piàn chī shǔ tiáo
吃了薯片吃薯條，

chī le bǐng gān chī dàn gāo
吃了餅乾吃蛋糕。

chī le qiǎo kè lì   hái chī bīng qí lín
吃了巧克力，還吃冰淇淋。

12 Speaking practice.

EXAMPLE:

wǒ jiào gāo wén qín   wǒ jiā yǒu sì kǒu rén   bà ba   mā
我叫高文琴。我家有四口人：爸爸、媽

ma   mèi mei hé wǒ   wǒ xǐ huan chī líng shí   wǒ hěn xǐ huan chī qiǎo
媽、妹妹和我。我喜歡吃零食。我很喜歡吃巧

kè lì hé shǔ piàn   wǒ hái xǐ huan chī shuǐ guǒ   wǒ hěn xǐ huan chī
克力和薯片。我還喜歡吃水果。我很喜歡吃

xiāng jiāo   wǒ bú tài xǐ huan chī shū cài
香蕉。我不太喜歡吃蔬菜。……

IT IS YOUR TURN!

Introduce your family members and say what they like to eat and drink.

dì shí sān kè
第十三課
tā xǐ huan chī ròu
他喜歡吃肉

xiǎo guāng hěn xǐ huan chī ròu
1 小光很喜歡吃肉。

tā xǐ huan chī jī ròu niú ròu yáng ròu hé zhū ròu
2 他喜歡吃雞肉、牛肉、羊肉和豬肉。

tā zuì xǐ huan chī niú pái
他最喜歡吃牛排。

tā yě xǐ huan chī huǒ tuǐ hé
他也喜歡吃火腿和
xiāng cháng
香腸。

New words: 🎧50

1 ròu 肉 meat
  jī ròu 雞肉 chicken (meat)
  niú ròu 牛肉 beef

2 yáng 羊 sheep yáng ròu 羊肉 lamb

3 zhū 豬 pig zhū ròu 豬肉 pork

4 zuì 最 most

5 pái 排 ribs niú pái 牛排 beefsteak

6 huǒ tuǐ 火腿 ham

7 cháng 腸 sausage
  xiāng cháng 香腸 sausage

1 Look, read and match.

①  ②  ③

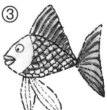

④  ⑤  ⑥

jī
| 2 | a) 雞

zhū
□ b) 豬

niú
□ c) 牛

yáng
□ d) 羊

mǎ
□ e) 馬

gǒu
□ f) 狗

māo
□ g) 貓

⑦  ⑧

yú
□ h) 魚

2 Ask your classmates the questions.

EXAMPLE:

nǐ xǐ huan chī jī ròu ma
你喜歡吃雞肉嗎?

	Number of students like ...		Number of students like ...
jī ròu ❶ 雞肉	正	niú pái ❺ 牛排	
niú ròu ❷ 牛肉		xiāng cháng ❻ 香腸	
yáng ròu ❸ 羊肉		huǒ tuǐ ❼ 火腿	
zhū ròu ❹ 豬肉		yú ❽ 魚	

3 Game.

EXAMPLE:

jī
雞蛋

INSTRUCTIONS:

1 The class is divided into small groups.

2 Each group is asked to add one character to form a word. The students may write pinyin if they cannot write characters.

3 The group making more correct words than any other groups wins the game.

4 Learn the characters.

①

fù

父

father

②

mǔ

母

mother

fù mǔ

父母

parents

5 Ask your partner the questions.

nǐ nǎ nián chū shēng   nǐ shǔ shén me
1) 你哪年出生？你屬什麼？

nǐ xǐ huan shén me dòng wù
2) 你喜歡什麼動物？

nǐ men jiā yǎng chǒng wù ma   yǎng le shén me chǒng wù
3) 你們家養寵物嗎？養了什麼寵物？

nǐ xǐ huan chī ròu ma   xǐ huan chī shén me ròu
4) 你喜歡吃肉嗎？喜歡吃什麼肉？

nǐ xǐ huan chī yú ma
5) 你喜歡吃魚嗎？

nǐ xǐ huan chī shén me líng shí
6) 你喜歡吃什麼零食？

6 Listen to the recording. Tick what is correct and cross what is incorrect. 🎧51

√ **1**	**2**
3	**4**

7 Listen, clap and practise. 🎧52

gē ge ài chī ròu
哥哥愛吃肉：

zhū ròu　　niú ròu hé huǒ tuǐ
豬肉、牛肉和火腿。

yáng ròu　　niú pái hé xiāng cháng
羊肉、牛排和香 腸。

8 Recite the times table on page 120.

yī bā dé bā
一八得八，……
1x8=8

bā bā liù shí sì
八八六十四。
8x8=64

9 **Design a zoo for your hometown and include the animals below.**

hóu zi　　lǎo hǔ　　dà xiàng　　shī zi　　mǎ　　gǒu　　māo　　niú　　yáng
猴子　　老虎　　大象　　獅子　　馬　　狗　　貓　　牛　　羊

shé　　xióng māo　　hēi xióng　　tù zi
蛇　　熊貓　　黑熊　　兔子

🔟 Game.

INSTRUCTIONS:

1 The teacher prepares some cards with Chinese words on them.

2 Each student gets a card and he/she has to walk around to find other students with the matching words to form a sentence.

EXAMPLE:

wǒ mā ma xǐ huan chī yú

我媽媽 ＋ 喜歡 ＋ 吃魚 ＝ 我媽媽喜歡吃魚。

1️⃣1️⃣ Project.

Create a new kind of animal by combining two different animals. Let the students guess what animals you used.

dì shí sì kè
第十四課

tā ài chī xī cān
她愛吃西餐

53

tián bīng shì zhōng guó rén　　tā zài měi guó chū shēng
①　田冰是中國人。她在美國出生。

tā bú tài xǐ huan chī zhōng cān
②　她不太喜歡吃中餐。

tā xǐ huan chī xī cān
她喜歡吃西餐。

tā xǐ huan chī yì dà lì miàn
③　她喜歡吃意大利麵、

bǐ sà bǐng　　shā lā děng děng
比薩餅、沙拉等等。

④ 她還喜歡吃酸
tā hái xǐ huan chī suān

奶和奶酪。
nǎi hé nǎi lào

⑤ 奶奶開玩笑說：“你
nǎi nai kāi wán xiào shuō   nǐ

不是中國人了！”
bú shì zhōng guó rén le

New words: 🎧54

zhōng cān
① 中餐　Chinese food

xī cān
② 西餐　Western food

yì dà lì
③ 意大利　Italy

yì dà lì miàn
　　意大利麵　spaghetti

bǐ sà bǐng
④ 比薩餅　pizza

shā lā
⑤ 沙拉　salad

suān　　　　suān nǎi
⑥ 酸　sour　酸奶　yoghurt

lào　　　　　nǎi lào
⑦ 酪　milk curd　奶酪　cheese

xiào　　　　　wán xiào
⑧ 笑　smile; laugh　玩笑　joke

kāi　　　　　kāi wán xiào
⑨ 開　hold　開玩笑　joke

---

1 Look, read and match.

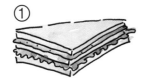 ①
 ②
 ③
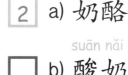 ④
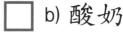 ⑤
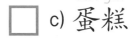 ⑥
 ⑦
 ⑧

nǎi lào
2 a) 奶酪

suān nǎi
☐ b) 酸奶

dàn gāo
☐ c) 蛋糕

sān míng zhì
☐ d) 三明治

shū cài tāng
☐ e) 蔬菜湯

bǐ sà bǐng
☐ f) 比薩餅

yì dà lì miàn
☐ g) 意大利麵

shuǐ guǒ shā lā
☐ h) 水果沙拉

98

2 Learn the characters.

① zǐ 子 son; child

② nǚ 女 daughter

3 Game.

INSTRUCTIONS:

1 The class is divided into small groups.

2 Each group is asked to write radicals.

3 The group writing more correct radicals than any other groups wins the game.

4 Project.

Create a new kind of vegetable by combining two different vegetables. Let the students guess what vegetables you used.

5 Ask your classmates the questions. Report back to the class.

	hěn xǐ huan 很喜歡	xǐ huan 喜歡	bú tài xǐ huan 不太喜歡	bù xǐ huan 不喜歡
nǐ xǐ huan chī zhōng cān ma 1) 你喜歡吃中餐嗎？	正	正	下	一
nǐ xǐ huan chī xī cān ma 2) 你喜歡吃西餐嗎？				
nǐ xǐ huan chī kuài cān ma 3) 你喜歡吃快餐嗎？				
nǐ xǐ huan chī líng shí ma 4) 你喜歡吃零食嗎？				

EXAMPLE:

wǔ ge tóng xué hěn xǐ huan chī zhōng cān sì
五個同學很喜歡吃中餐。四

ge tóng xué xǐ huan chī zhōng cān sān ge tóng xué bú
個同學喜歡吃中餐。三個同學不

tài xǐ huan chī zhōng cān yí ge tóng xué bù xǐ huan
太喜歡吃中餐。一個同學不喜歡

chī zhōng cān wǒ men bān de tóng xué dōu xǐ huan chī
吃中餐。我們班的同學都喜歡吃

xī cān
西餐。……

6 Listen to the recording. Tick what is correct and cross what is incorrect. 🎧55

√ 1	2
3	4

7 Listen, clap and practise. 🎧56

wǒ zuì xǐ huan chī xī cān
我最喜歡吃西餐：
yì dà lì miàn　　bǐ sà bǐng
意大利麵、比薩餅；
niú nǎi　　suān nǎi hé nǎi lào
牛奶、酸奶和奶酪；
shā lā　　niú pái hé shǔ tiáo
沙拉、牛排和薯條。

8 Colour in the pictures, then say the names and colours in Chinese.

EXAMPLE:

tài yáng　hóng sè
太陽：紅色

shān　zōng sè
山：棕色

1

2

3

4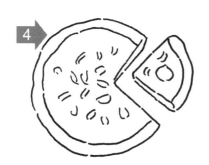

5

6

9 Recite the times table on page 120.

yī bā dé bā　　　　bā bā liù shí sì
一八得八，……八八六十四。
1x8=8　　　　　8x8=64

10 Speaking practice.

EXAMPLE:

tā xiǎng chī qiǎo kè lì
他 想 吃 巧 克 力。

①

坐校车

②

吃比薩餅

③

騎馬

④

吃牛排

⑤

去上海

⑥

吃米飯

⑦

騎自行車

⑧

吃冰淇淋

tā ài chī shuǐ guǒ
她愛吃水果

huáng xiǎo hóng bù xǐ huan chī ròu
1 黃小紅不喜歡吃肉。

tā xǐ huan chī shuǐ guǒ
2 她喜歡吃水果。

tā xǐ huan chī pú tao lǐ zi xī guā cǎo méi
3 她喜歡吃葡萄、李子、西瓜、草莓、

lí jú zi děng
梨、橘子等。

tā zuì xǐ huan chī xiāng
她最喜歡吃香
jiāo hé táo zi
蕉和桃子。

yé ye kāi wán xiào shuō
爺爺開玩笑說：
nǐ shì shǔ hóu de
"你是屬猴的。"

New words: 58

pú tao
① 葡萄 grape

lǐ   lǐ zi
② 李 plum   李子 plum

xī guā
③ 西瓜 watermelon

cǎo
④ 草 grass

méi   cǎo méi
⑤ 莓 berry   草莓 strawberry

lí
⑥ 梨 pear

jú   jú zi
⑦ 橘 tangerine   橘子 tangerine

táo   táo zi
⑧ 桃 peach   桃子 peach

1 Look, read and match.

① ② ③ ④ ⑤

⑥ ⑦ ⑧ ⑨ ⑩

lán méi
6 a) 藍莓

lǐ zi
☐ b) 李子

xiāng jiāo
☐ c) 香蕉

cǎo méi
☐ d) 草莓

pú tao
☐ e) 葡萄

píng guǒ
☐ f) 蘋果

jú zi
☐ g) 橘子

xī guā
☐ h) 西瓜

lí
☐ i) 梨

táo zi
☐ j) 桃子

2 Learn the characters.

zuǒ
左
left

yòu
右
right

3 Listen, clap and practise. 🎧59

mā ma zuì ài chī shuǐ guǒ
媽媽最愛吃水果，
chī le pú tao chī lǐ zi
吃了葡萄吃李子，
chī le cǎo méi chī táo zi
吃了草莓吃桃子，
chī le xī guā chī jú zi
吃了西瓜吃橘子。

4 Recite the times table on page 120.

yī jiǔ dé jiǔ   jiǔ jiǔ bā shí yī
一九得九，……九九八十一。
1x9=9   9x9=81

5 Listen to the recording. Tick what is correct and cross what is incorrect. 🎧60

6 Say the answers in Chinese.

1) $2 \times 6 =$ 2) $4 \times 6 =$ 3) $6 \times 6 =$

4) $4 \times 7 =$ 5) $5 \times 7 =$ 6) $7 \times 7 =$

7) $3 \times 8 =$ 8) $6 \times 8 =$ 9) $8 \times 8 =$

7 Choose the ingredients from page 109 and tell the class your recipe.

EXAMPLE:

zuò miàn bāo yào yòng miàn fěn
做 麵 包 要 用 麵 粉、
táng shuǐ   jī dàn děng
糖、水、雞 蛋 等。

You are going to make:

1) 麵包 *miàn bāo*

2) 巧克力蛋糕 *qiǎo kè lì dàn gāo*

3) 三明治 *sān míng zhì*

4) 蔬菜沙拉 *shū cài shā lā*

5) 水果沙拉 *shuǐ guǒ shā lā*

6) 比薩餅 *bǐ sà bǐng*

① *xī guā* 西瓜

② *xī hóng shì* 西紅柿

③ *táo zi* 桃子

④ *xiāng jiāo* 香蕉

⑤ *qiǎo kè lì* 巧克力

⑥ *nǎi lào* 奶酪

⑦ *lí* 梨

⑧ *píng guǒ* 蘋果

⑨ *niú pái* 牛排

⑩ *cǎo méi* 草莓

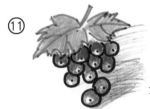

⑪ *pú tao* 葡萄

⑫ *huǒ tuǐ* 火腿

⑬ *huáng yóu* 黃油

⑭ *jī ròu* 雞肉

⑮ *xiāng cháng* 香腸

⑯ *hú luó bo* 胡蘿蔔

⑰ *huáng guā* 黃瓜

⑱ *shēng cài* 生菜

8 Ask your partner the questions. Report back to the class.

nǐ xǐ huan chī shén me shuǐ guǒ 1) 你喜歡吃什麼水果？	wǒ xǐ huan chī pú tao hé xī guā 我喜歡吃葡萄和西瓜。
nǐ xǐ huan chī shén me líng shí 2) 你喜歡吃什麼零食？	wǒ xǐ huan chī qiǎo kè lì 我喜歡吃巧克力。
nǐ xǐ huan hē shén me 3) 你喜歡喝什麼？	wǒ xǐ huan hē jú zi zhī 我喜歡喝橘子汁。
nǐ xǐ huan chī shén me ròu 4) 你喜歡吃什麼肉？	wǒ xǐ huan chī niú ròu hé jī ròu 我喜歡吃牛肉和雞肉。
nǐ xǐ huan chī shén me kuài cān 5) 你喜歡吃什麼快餐？	wǒ xǐ huan chī rè gǒu 我喜歡吃熱狗。
nǐ xǐ huan chī shén me zhōng cān 6) 你喜歡吃什麼中餐？	wǒ xǐ huan chī dàn chǎo fàn 我喜歡吃蛋炒飯。

EXAMPLE:

xiǎo wén xǐ huan chī pú tao hé xī guā
小文喜歡吃葡萄和西瓜。

tā xǐ huan chī qiǎo kè lì　　tā xǐ huan hē jú zi
她喜歡吃巧克力。她喜歡喝橘子

zhī　　tā xǐ huan chī niú ròu hé jī ròu　　tā xǐ
汁。她喜歡吃牛肉和雞肉。她喜

huan chī rè gǒu　　tā xǐ huan chī dàn chǎo fàn
歡吃熱狗。她喜歡吃蛋炒飯。

9 Game.

INSTRUCTIONS:

1 The whole class is divided into pairs.

2 Student A picks up a card with an action word on it, and student B has to act it out.

3 If student B acts incorrectly, the pair is out of the game.

Action words:

chuān	guān	dǎ
1) 穿	9) 關	17) 打
dài	kū	tán
2) 戴	10) 哭	18) 彈
pāi	xiào	kàn
3) 拍	11) 笑	19) 看
wèn	tiào	zuò
4) 問	12) 跳	20) 坐
shuō	pǎo	zhàn
5) 説	13) 跑	21) 站
chī	tī	huá
6) 吃	14) 踢	22) 滑
hē	zhuō	shuā
7) 喝	15) 捉	23) 刷
kāi	jiǎn	xǐ
8) 開	16) 剪	24) 洗

10 Project.

Create a new kind of fruit by combining two different fruits. Let the students guess what fruits you used.

 +  =

dì shí liù kè
第十六課
lù shang chē zhēn duō
路上車真多

 61

☀ **1**　xiǎo guāng de dì di yí ge rén zǒu chu le jiā mén
小光的弟弟一個人走出了家門。

☀ **2**

mǎ lù shang rén zhēn duō
馬路上人真多！
chē yě zhēn duō
車也真多！

112

3 dì shang yǒu gōng gòng qì chē　kǎ chē　xiǎo bā　chū
地上 有公 共汽車、卡車、小巴、出

zū chē děng
租車等。

4

tiān shang yǒu fēi jī
天 上 有飛機。

5

xiǎo dì di kàn bu jiàn bà ba
小弟弟看不見爸爸、

mā ma　　tā kū le qǐ lái
媽媽，他哭了起來。

jiā mén
❶ 家門 house gate; home

mǎ lù
❷ 馬路 road; street

zhēn
❸ 真 really

gòng   gōng gòng
❹ 共 common   公共 public

qì
❺ 汽 gas; steam

qì chē
汽車 motor car

gōng gòng qì chē
公共汽車 public bus

kǎ   kǎ chē
❻ 卡 truck   卡車 truck; lorry

xiǎo bā
❼ 小巴 minibus

zū   chū zū
❽ 租 rent   出租 rent out

chū zū chē
出租車 taxi

tiān shang
❾ 天上 sky

jī   fēi jī
❿ 機 machine   飛機 plane

kàn jian
⓫ 看見 see

1 Ask your partner the questions.

nǐ měi tiān zěn me shàng xué
1) 你每天怎麼上學?

nǐ bà ba měi tiān zěn me shàng bān
2) 你爸爸每天怎麼上班?

nǐ men jiā yǒu qì chē ma
3) 你們家有汽車嗎?

nǐ huì qí zì xíng chē ma   nǐ xǐ huan qí zì xíng chē ma
4) 你會騎自行車嗎? 你喜歡騎自行車嗎?

nǐ xǐ huan zuò shén me chē
5) 你喜歡坐什麼車?

2 Look, read and match.

①

②

③

④

⑤

⑥

⑦

⑧

⑨

⑩

xiǎo bā
8 a) 小巴

huǒ chē
b) 火車

diàn chē
c) 電車

fēi jī
d) 飛機

dì tiě
e) 地鐵

kǎ chē
f) 卡車

chuán
g) 船

zì xíng chē
h) 自行車

chū zū chē
i) 出租車

gōng gòng qì chē
j) 公共汽車

3 Learn the characters.

chū
①  ②
rù

出
go or
come out

入
go in or
come in

4 Recite the times table on page 120.

yī jiǔ dé jiǔ
一九得九，……九九八十一。
1x9=9

jiǔ jiǔ bā shí yī
9x9=81

5 Listen, clap and practise. 🎧63

mǎ lù shang chē zhēn duō
馬路上，車真多：

kǎ chē xiǎo bā xiǎo qì chē
卡車、小巴、小汽車，

gōng gòng qì chē chū zū chē
公共汽車、出租車，

hái yǒu gè zhǒng zì xíng chē
還有各種自行車。

6 Listen to the recording. Tick what is correct and cross what is incorrect. 🎧 64

 1 ✓

 2

 3

 4

7 Game.

EXAMPLE:

lǎo shī
老師：Female

xué shēng　nǚ
學 生：女

INSTRUCTIONS:

1 The class is divided into small groups.

2 Each group is asked to write characters.

3 The group writing more correct characters than any other groups wins the game.

8 Say in Chinese.

1 Things you see:

rè qì qiú
熱氣球、……

2 Colours you see:

hóng sè
紅色、……

9 Answer the questions.

shén me dòng wù yǒu sì tiáo tuǐ
1) 什麼動物有四條腿?

shén me dòng wù yǒu liǎng tiáo tuǐ
2) 什麼動物有兩條腿?

shén me dòng wù zài tiān shang fēi
3) 什麼動物在天上飛?

shén me dòng wù zài shuǐ li yóu
4) 什麼動物在水裏游?

shén me dòng wù zài dì shang pǎo
5) 什麼動物在地上跑?

shén me dòng wù shēn shang yǒu máo
6) 什麼動物身上有毛?

10 Group work: circle as many phrases as possible within a set period of time.

táo 桃	jú 橘	niú 牛	zhū 豬	jī 雞	shuǐ 水	hóng 紅	shǔ 薯	tiáo 條	shā 沙
lǐ 李	zi 子	yáng 羊	ròu 肉	píng 蘋	guǒ 果	diàn 電	tī 梯	piàn 片	lā 拉
suān 酸	nǎi 奶	lào 酪	xiāng 香	cháng 腸	zhī 汁	dòng 動	wù 物	chǎo 炒	miàn 麵
qiǎo 巧	kè 克	lì 力	jiāo 蕉	bīng 冰	qí 淇	lín 淋	shēng 生	cài 菜	huā 花
shàng 上	bān 班	liàn 練	zuò 做	zuò 作	yè 業	yù 浴	sān 三	míng 明	zhì 治
xià 下	kè 課	xí 習	fàn 飯	dà 大	jiào 教	shì 室	jīn 今	tiān 天	kàn 看
rì 日	jì 記	běn 本	yǔ 雨	xuě 雪	shī 師	diàn 電	nǎo 腦	yóu 遊	xì 戲

11 Project.

Create three types of transport: one that can fly, one that can run on the ground and another one that can travel in water. Try to name each of your inventions.

chéng fǎ kǒu jué biǎo

乘法口訣表

TIMES TABLE

yī yī dé yī
一一得一
$1\times1=1$

yī èr dé èr　　èr èr dé sì
一二得二　　二二得四
$1\times2=2$　　$2\times2=4$

yī sān dé sān　　èr sān dé liù　　sān sān dé jiǔ
一三得三　　二三得六　　三三得九
$1\times3=3$　　$2\times3=6$　　$3\times3=9$

yī sì dé sì　　èr sì dé bā　　sān sì shí èr　　sì sì shí liù
一四得四　　二四得八　　三四十二　　四四十六
$1\times4=4$　　$2\times4=8$　　$3\times4=12$　　$4\times4=16$

yī wǔ dé wǔ　　èr wǔ shí　　sān wǔ shí wǔ　　sì wǔ èr shí　　wǔ wǔ èr shí wǔ
一五得五　　二五一十　　三五十五　　四五二十　　五五二十五
$1\times5=5$　　$2\times5=10$　　$3\times5=15$　　$4\times5=20$　　$5\times5=25$

yī liù dé liù　　èr liù shí èr　　sān liù shí bā　　sì liù èr shí sì　　wǔ liù sān shí　　liù liù sān shí liù
一六得六　　二六十二　　三六十八　　四六二十四　　五六三十　　六六三十六
$1\times6=6$　　$2\times6=12$　　$3\times6=18$　　$4\times6=24$　　$5\times6=30$　　$6\times6=36$

yī qī dé qī　　èr qī shí sì　　sān qī èr shí yī　　sì qī èr shí bā　　wǔ qī sān shí wǔ　　liù qī sì shí èr　　qī qī sì shí jiǔ
一七得七　　二七十四　　三七二十一　　四七二十八　　五七三十五　　六七四十二　　七七四十九
$1\times7=7$　　$2\times7=14$　　$3\times7=21$　　$4\times7=28$　　$5\times7=35$　　$6\times7=42$　　$7\times7=49$

yī bā dé bā　　èr bā shí liù　　sān bā èr shí sì　　sì bā sān shí èr　　wǔ bā sì shí　　liù bā sì shí bā　　qī bā wǔ shí liù　　bā bā liù shí sì
一八得八　　二八十六　　三八二十四　　四八三十二　　五八四十　　六八四十八　　七八五十六　　八八六十四
$1\times8=8$　　$2\times8=16$　　$3\times8=24$　　$4\times8=32$　　$5\times8=40$　　$6\times8=48$　　$7\times8=56$　　$8\times8=64$

yī jiǔ dé jiǔ　　èr jiǔ shí bā　　sān jiǔ èr shí qī　　sì jiǔ sān shí liù　　wǔ jiǔ sì shí wǔ　　liù jiǔ wǔ shí sì　　qī jiǔ liù shí sān　　bā jiǔ qī shí èr　　jiǔ jiǔ bā shí yī
一九得九　　二九十八　　三九二十七　　四九三十六　　五九四十五　　六九五十四　　七九六十三　　八九七十二　　九九八十一
$1\times9=9$　　$2\times9=18$　　$3\times9=27$　　$4\times9=36$　　$5\times9=45$　　$6\times9=54$　　$7\times9=63$　　$8\times9=72$　　$9\times9=81$